Susanne Mayer
Wie Livy wieder Appetit bekam

AF282410

In der bewegenden Erzählung „Wie Livy wieder Appetit bekam" begleiten wir die 12-jährige Livy auf ihrem Weg zur Genesung. Das Mädchen isst immer weniger und macht immer mehr Sport. Diese Entwicklung führt dazu, dass ihr Gesundheitszustand kritisch wird. Sie muss schließlich in eine Kinderklinik eingewiesen werden. Livy teilt ihre Erlebnisse mit ihrer Patentante Frida. Ihre Geschichte handelt von Selbstannahme in einer Welt, die von Erwartungen geprägt ist.

Susanne Mayer, Jahrgang 1976, arbeitet als Journalistin beim Hessischen Rundfunk. Für das Schüler-Projekt "Grenzenlos" hat sie den hr-Innovationspreis gewonnen. Sie gibt Schreib-Seminare. Journalistische Erfahrungen hat sie unter anderem bei Zeit Online, T-Online, dem Handelsblatt, der SZ sowie bei Radio Fantasy und dem Privatsender TM3 gesammelt. Sie lebt in Frankfurt.

Susanne Mayer

Wie Livy wieder Appetit bekam

Ein Tagebuch

Bibliografische Information der Deutschen Nationalbibliothek: Die Deutsche Nationalbibliothek verzeichnet diese Publikation in der Deutschen Nationalbibliografie; detaillierte bibliografische Daten sind im Internet über http://dnb.dnb.de abrufbar.

Lektorat: Viktoria Kaiser

Verlag: BoD · Books on Demand GmbH, Überseering 33, 22297 Hamburg, bod@bod.de

Druck: Libri Plureos GmbH, Friedensallee 273, 22763 Hamburg

ISBN: 978-3-8192-9654-3

Für Lotti und ihre Besties

Ich heiße Livy und bin 12 Jahre alt. Ich hätte mir nie vorstellen können, dass ich irgendwann mal in einer Kinder- und Jugendpsychiatrie in Bayern landen würde und dort dann vier Monate meines Lebens verbringen müsste. Ich habe in der Klinik zu den essgestörten Kindern gehört. Jetzt habe ich wieder Appetit und esse regelmäßig, auch wenn ich immer noch ab und zu Kalorien zähle. Ich wohne auch wieder in meinem Zimmer in unserem Reihenhaus im Frankfurter Stadtteil Bergen-Enkheim. Die Wände haben wir neu gestrichen.

Ich möchte mit Euch meine Geschichte teilen. Ich habe mein Tagebuch auf dem Schoß und erzähle meiner Patentante Frida, wie ich schleichend in eine Abnehmspirale gerutscht bin - und wie ich mich mit Unterstützung mühsam wieder in mein Teenagerleben zurückgekämpft habe. Sie schreibt es für mich auf. Eins vorneweg: Es ist nicht einfach, sich selbst zu lieben, aber unmöglich ist es auch nicht.

Die Geschichte beginnt an einem sonnigen Tag Anfang Juni. Da war ich schon krank, das weiß ich aber erst jetzt - rückblickend. Meine beste Freundin Sophia und ich liegen auf dem kuscheligen Teppich im Wohnzimmer bei mir zu Hause. Wir kommen gerade vom Leichtathletiktraining in Enkheim. Danach sind wir mit dem Fahrrad auf den Berg geradelt, das ist der obere Teil von Bergen-Enkheim. Das war anstrengend, ich bin zufrieden.

Wir lassen Shirin bei Spotify laufen und Sophia tut so, als hätte sie ein Mikrofon in der Hand. Sie singt: „Du willst einen Body? Dann musst du pushen. Bist du ein Hottie, werden sie gucken." Ich wippe mit dem Fuß im Takt und schnappe mir mein Tablet.

„Ich habe Durst", sagt Sophia, als das Lied vorbei ist. „Wenn ich älter bin, kaufe ich mir auf jeden Fall ein E-Bike."

„Meine Oma hat eins. Vielleicht leiht sie es dir mal."

Sophia verdreht die Augen.

„Kann ich etwas zu trinken haben?", fragt sie.

„Ja, gleich. Ich schaue nur schnell etwas nach."

„Zählst du wieder Kalorien? Wir haben doch gerade Sport gemacht."

„Ich google nur schnell, wie viele Kalorien eine Apfelschorle hat. Das ist doch interessant."

Sophia steht auf und geht in die Küche.

„Ich bediene mich am Saft, okay?"

„Ja, mach mal. Laura war schnell heute. Meinst du, sie trainiert heimlich?"

„Das kann sein, da ist der Vater doch so hinterher. Der steht doch immer am Rand und brüllt: Du schaffst das, Laura!".

Sophia kehrt zurück ins Wohnzimmer und imitiert ihn. Ich muss lachen.

„Meinst du, ich werde schneller, wenn ich abnehme?", frage ich Sophia.

Sie weiß nichts von dem Lärm in meinem Kopf. Von der Stimme in mir, die fragt, warum ich nicht so aussehe wie Laura. Warum ich nicht so schlanke Beine habe.

„Abnehmen ist keine gute Idee, Livy! Du bist doch schon total dünn. Dann musst du noch öfter auf die Waage. Außerdem sagt meine Mama, dass wir Energie brauchen, um zu wachsen."

Sophia kramt in ihrem Rucksack und fischt eine Brotdose raus.

„Ich habe noch ein Käsebrötchen und ein paar Gurken übrig. Sollen wir teilen?"

Ich drehe mich auf den Rücken, ziehe die Knie an und schaue an die Decke. Wenn das Wiegen nicht wäre, wäre mein Leben wirklich besser.

„Danke, ich nehme eine Scheibe Gurke." Gurken sind okay, Gurken bestehen aus viel Wasser, das habe ich schon bei den Skinny-Tipps von Jacob und Jule gesehen. Sie bieten auch alles Mögliche mit Proteinen an, das wollte ich auch schon ausprobieren. Mama hat mir allerdings verboten, dort etwas zu bestellen, und ich habe leider noch kein eigenes Bankkonto.

„Willst du jetzt ein Stück Gurke oder nicht?", fragt Sophia.
Ich habe gar nicht bemerkt, dass sie ihre Hand ausgestreckt hat, um mir eine Scheibe zu geben. Ich greife zu und stecke sie mir in den Mund.

„Weißt du, was meine Patentante Frida jetzt macht?"

„Oh je, lässt sie sich im Fitnessstudio jetzt auch verkabeln, wie meine Mutter und ihre Besties? Wie hieß das nochmal, EMS?"

„Nein, sie macht etwas Lustiges, sie macht jetzt Vacuumtraining. Das ist etwas für Ältere, hat sie mir erzählt, wie Aquajogging, nur ohne Wasser. Sie will unbedingt nach Nepal und will sich vorbereiten."

„Naja, wenn's hilft. Das brauchen wir aber noch nicht. Es ist bestimmt auch teuer", sagt Sophia. „Ich muss jetzt leider los. Wir sehen uns morgen in der Schule, okay?"

„Okay, schade. Dann bis morgen, Tschüss!"

Ich bringe Sophia noch zur Tür. Ich mag sie. Sie ist lustig und sieht so besonders aus mit ihren Sommersprossen auf der Nase und ihren rötlichen Locken. Und sie ist schlank, obwohl sie ordentliche Portionen verdrückt. Früher habe ich eine andere beste Freundin gehabt. Valerie. Sie musste nach Neuseeland ziehen, weil ihre Mama nicht mehr in Frankfurt sein wollte. Sie hat geerbt und wollte dann unbedingt mit der ganzen Familie auswandern. Sonst wäre Valerie noch bei mir. Mit ihr war alles viel leichter.

***

Eine Woche später. Meine Gedanken kreisen um meinen Körper, das hört nicht auf. Ich fühle mich nicht wohl und habe deshalb beschlossen, mich gesünder zu ernähren. Deshalb begleite ich jetzt Mama regelmäßig in den Supermarkt um die Ecke. Wir laufen durch die Regalreihen und ich schiebe den Einkaufswagen vor mir her.

Auf meinem Einkaufszettel stehen heute: Linsensuppe, Gemüsebrühe, Bananen, Salat und Gurken. Vor Butter, Fleisch und Käse ekele ich mich etwas. Warum, weiß ich nicht.

Darauf besteht Mama aber. Das seien Grundnahrungsmittel, sagt sie. Genauso wie Nudeln und Kartoffeln. Mein kleiner Bruder Max wünscht sich, dass wir ihm Fanta, Schokolade und Chips mitbringen. Auch gefrorene Fischstäbchen und Pommes landen in dem Wagen. Ich hole die Sachen für ihn aus dem Gefrierfach.

An der Kasse sagt die Kassiererin zu mir: „Ach, das Fräulein Walzer. Sie sieht ihrer Mama ja schon so ähnlich. Und anpacken kann sie auch schon."

Ich packe die Lebensmittel in Mamas Rucksack und lächele sie an.

Was das Anpacken angeht, stehe ich momentan leider unter genauer Beobachtung meiner Eltern. Ich bin neulich auf der Fahrt nach Hause vom Fahrrad gefallen. Das liegt ihrer Meinung nach daran, dass ich kaum noch etwas zu mir nehme und deshalb keine Kraft mehr habe. Normalerweise fahre ich mit Sophia zusammen den Berg nach Bergen hoch. Diesmal bin ich allein gefahren, sie hat noch Hausaufgabenhilfe bekommen. Mir ist schwindlig geworden, ich bin gestürzt und habe mir das Knie aufgeschürft. Deshalb musste ich zu Hause anrufen und mich abholen lassen. Meine Mama hat am nächsten Tag in der Schule angerufen und mich krankgemeldet.

Außerdem hat sie einen Termin bei einem Kinderpsychologen ausgemacht.

„Wir fahren da morgen hin, Livy. Wir machen uns wirklich große Sorgen um dich", sagt sie. Sie sei sehr froh, dass wir überhaupt einen Termin bekommen haben.

Abends im Bett überlege ich mir, was ich dem Mann erzählen könnte. Ich kann lange nicht einschlafen. Mama sagt, ich solle einfach ehrlich zu ihm sein.

Am nächsten Morgen, dem 11. Juni, sitzen wir im Bus und fahren von Bergen hinunter nach Enkheim. In Enkheim steigen wir in die U-Bahn ins Westend um. U-Bahn-Fahren finde ich spannend. Nur das Ziel macht mir diesmal Angst.

In der Bahn sitzt uns ein Paar gegenüber, das englisch spricht. Ein paar Wörter verstehe ich. Ich gehe davon aus, dass es Touristen sind. Ich schaue aus dem Fenster, die Fliesen an den Wänden der Stationen fliegen an meinen Augen vorbei. Mal sind sie dunkelorange, mal schmutzig weiß, mal mit Graffiti besprüht. Wenn wir durch den dunklen Tunnel fahren, schließe ich die Augen.

„Das Westend wird dir gefallen, da wohnen die Banker, Anwälte und Piloten", sagt Mama und schmunzelt. „Du kannst dich doch noch an die Alte Oper erinnern?"

„Ja, da waren wir schon mal mit Papa auf einem Klavierkonzert."

Als wir mit der Rolltreppe aus dem Untergrund auftauchen, kommen wir auf eine Hauptstraße. Von dort müssen wir nochmal abbiegen. Dann laufen wir eine kleinere, ruhigere Straße entlang, in der hohe Jugendstilhäuser stehen und viele Bäume. Auch die Praxis ist in einem sehr alten Haus untergebracht, mit vielen kleinen, verzierten Balkonen. Mama klingelt, kurz darauf brummt es. Auf alten Holztreppen gehen wir in den ersten Stock.

Dort wartet an der Türe zur Praxis schon ein Mann in einem weißen T-Shirt und einer Jeans auf uns. Er ist mittelalt und hat kurze braune Haare.

„Guten Tag, ich bin Emma Walzer und das ist meine Tochter Livy. Wir sind etwas zu früh dran", sagt Mama.

Der Therapeut meint, dass sei kein Problem, gibt uns die Hand und stellt sich als Dr. Lenner vor.

Wir setzen uns auf das Sofa in seinem Praxisraum. Dr. Lenner nimmt gegenüber auf einem grauen Sessel Platz. Es ist mein erstes Treffen mit einem Psychotherapeuten, ich fühle mich unsicher und kann ihm nicht in die Augen schauen. Ich spiele mit den Ärmeln meines Hoodies, als ginge mich das alles gar nichts an.

„Magst du erzählen, warum du hier bist, Livy?", fragt er. „Oder willst du dich erstmal umschauen?"

Ich nicke und werfe einen Blick auf die Wand hinter dem Mann. Da steht ein Bücherregal. Daneben hat er große Fotos aufgehängt, auf denen Kinder aus Afrika und Asien zu sehen sind. In der Ecke steht eine Palme in einem gelben Topf. So eine haben wir auch. Meine Mama arbeitet im Gartencenter. Das macht sich im ganzen Haus und im Garten bemerkbar, wie mein Papa gerne sagt.

Ich versuche mich wieder auf mein Problem zu konzentrieren und schaue den Therapeuten an. Auf dem kleinen Tisch, der zwischen uns steht, befinden sich Wassergläser und ein Behälter mit Taschentüchern. Mir ist gerade nicht zum Weinen zumute. Deshalb lege ich gleich los.

Ich fange an zu erzählen, dass ich mich unwohl fühle, wenn ich ins Schwimmbad gehe. Ich mag meinen Körper einfach nicht.

„Hör mal in dich rein, was genau empfindest du dann?", fragt er.

„Wenn ich ein hübsches Mädchen im Schwimmbad sehe, denke ich: Du siehst aber gut aus. Dann schaue ich mich an und denke: Ja, toll, so sehe ich nicht aus. Wenn ich abnehme, dann sehe ich vielleicht auch so aus."

„Livy", sagt der Psychologe und beugt sich vor. „Jeder Mensch ist einmalig. Wenn du dich vergleichst, bist du nicht bei dir, sondern im Außen."

„Ich fühle mich aber so. Ich will so sein wie andere, die einen Top-Körper haben und sportlich sind. Sie haben Sachen, die ich nicht habe."

„Spürst du deinen Körper denn, wenn du dich vergleichst oder übernimmt da der Kopf die Regie?"

Bevor ich weitererzählen kann, schaltet sich meine Mutter ein.

„Herr Dr. Lenner, sie kann das nicht stoppen. Sie denkt, sie sei zu dick, und isst deshalb nur noch Brühe. Außerdem will sie sich ständig bewegen, obwohl ihr Kreislauf instabil ist. Ich habe mich informiert: Könnte es sich um eine Körperschemastörung oder so etwas handeln?"

„Frau Walzer, Sie können mir vertrauen. Ich bin auf die Therapie von Kindern spezialisiert. Ich würde vorschlagen, dass wir jetzt erstmal ein paar Atemübungen machen."

Die beiden unterhalten sich weiter und es fallen einige Fremdwörter, die ich nicht verstehe.

Es geht nicht nur darum, was ich haben könnte. Meine Mama fragt auch, wie groß der Einfluss von Fitness-Influencern und Models auf Teenager bei YouTube, TikTok oder Instagram ist. Die Mädchen in meinem Alter würden ständig am Handy hängen. Dass ich ein Trennungskind bin, genauso wie mein kleiner Bruder Max, ist auch Thema. Und dass Essstörungen auch auftreten können, wenn Kindern die Kontrolle über ihr gewohntes Leben entgleitet.

Ich konzentriere mich auf die Bilder mit den Kindern aus den Entwicklungsländern an der Wand, bis ich wieder dran bin. Am Ende der Stunde sagt der Therapeut zu mir: „Wir sehen uns nächste Woche wieder. Bis dahin hast du aber etwas gegessen."

Mama und ich verabschieden uns. Beim Runterlaufen knarren die Holztreppen mehr als beim Hochgehen. Mama rennt fast schon die Treppen hinunter. Ich komme kaum hinterher. Draußen vor dem Eingang bleibt sie stehen und sagt mir, dass es ganz sicher kein nächstes Mal geben wird.

„Livy, dieser Therapeut ist leider eine Niete. Wir finden einen besseren. Morgen sprechen wir mit Doktor Scheu, vielleicht hat sie ja eine Idee."

Dr. Scheu ist meine Kinderärztin. Mittwochs muss ich immer, oder besser gesagt, seit ich krank bin, zu ihr zum Kontrollwiegen. Mama hat sich wieder frei genommen, um mich zu begleiten. Ich schlage vor, von zuhause in ihre Praxis nach Enkheim zu laufen. Das schaffen wir in 20 Minuten.

„Bei dir piept es wohl", sagt Max und kommt mit diesem Spruch unserer Babysitterin Milena zuvor. Sie sagt dafür: „Sport ist doch jetzt erstmal Tabu, Little-Livy, das weißt du doch."

Die beiden stehen im Garten vor unserem Haus und winken uns zum Abschied.

Ich knalle die Beifahrertür zu, Mama fährt los. Sie schaltet im Auto das Radio ein, es werden gerade Lieder geraten. Wer in den ersten zehn Sekunden erkennt, um welches Lied es sich handelt, kann anrufen und etwas gewinnen. Ich kann mich leider nicht richtig konzentrieren.

Wie das Radiohören im Auto ist auch das Kontrollwiegen schon zu einer kleinen Routine geworden. Die Worte der Niete, wie hieß er gleich nochmal, donnern in meinem Kopf, während ich bei Dr. Scheu auf der Waage stehe: „Dann sehen wir uns nächste Woche und bis dahin hast du aber etwas gegessen, bis dahin hast du aber etwas gegessen."

Das wird nicht klappen, das geht nicht. Ich habe heute extra mein Handy in die

Hosentasche gesteckt. Vielleicht kann ich ja ein paar Gramm gut machen. Mama schaut ebenso gebannt auf die Kontrollanzeige der Waage wie ich selbst. Sie zeigt 35 Kilogramm an. Zu wenig bei einer Körpergröße von 1,50 Metern. Aus den Augenwinkeln sehe ich, wie Mama die Luft anhält. Sie fängt bestimmt gleich an zu weinen. Und als könnte es nicht schlimmer kommen, sagt Dr. Scheu ein ganz böses Wort: „Magersucht". Die Diagnose lautet Magersucht.

„Dein Zustand hat sich leider verschlechtert, Livy."

„Was ist mit mir?", frage ich und schaue an mir hinunter. „Der Jogginganzug passt doch." Das lässt sie nicht gelten.

„Er sitzt leider lockerer als vergangene Woche. Fällt dir das nicht selbst auf?"
Dann wendet sie sich an meine Mutter, die inzwischen mit gesenktem Kopf auf einem Stuhl im Behandlungszimmer kauert. Ihre

Hände sind in ihren schwarzen langen Haaren versunken, ihr Gesicht ist nicht mehr zu sehen.

„Frau Walzer, Es tut mir wirklich so leid. Stellen Sie sich bitte mit Ihrer Tochter in der Tagesklinik Rosenschau vor. Sie erhalten am Empfang die Adresse. Dann sehen wir weiter."

Die Sprechstundenhilfe drückt meiner Mutter eine Broschüre in die Hand und wünscht uns alles Gute. Sie schaut bekümmert drein.

Als wir wieder auf der Straße stehen, fährt ein Polizeiauto mit Blaulicht an uns vorbei. Andere Autos bremsen und bleiben stehen. Einer der Fahrer hupt. Ich frage nach, ob Dr. Scheu auch eine Niete ist.

„Nein, ich glaube nicht. Wir machen, was sie sagt. Aber jetzt fahren wir erstmal heim."

Im Auto schalte ich diesmal das Radio ein. Mama weint und sitzt aufrechter als sonst im

Auto. Es läuft „If I were a Boy" von Beyoncé. Ich drehe die Lautstärke hoch. Ich will nicht reden und schaue lieber aus dem offenen Fenster.

Als wir zu Hause ankommen, spielt mein kleiner Bruder in Shorts vor der Garage Basketball. Milena steht im Vorgarten und winkt uns wieder.

„Hast du das gesehen?", ruft Max mir zu, als ich aus dem Auto steige. Ich bin Michael Jordan. Spiel mit!", ruft er.

„Du bist sechs Jahre alt. Und ich muss fürs Krankenhaus packen, also lass mich in Ruhe."

Ich renne an ihm vorbei ins Haus. Ich kann noch genau hören, wie er mir „Mädchen sind die blödesten Teenager" hinterherruft. Soll Mama sich um ihn kümmern.

Es vergehen keine fünf Minuten, dann sitzt Max neben mir auf meinem rosa-weiß karierten Teppich im Kinderzimmer.

„Was machst du da?", fragt er. „Und mit wem telefoniert Mama?"

Ich mag meinen Bruder wirklich, aber ich will nicht immer mit ihm reden.

„Das siehst du doch. Ich packe. Ich bin krank und muss ins Krankenhaus. Da gibt es Ärzte, die mich wieder gesund machen."

„Weil du jetzt Vegetarierin bist."
Die Türe geht auf und ich zucke zusammen.

„Pack bitte auch einen Schlafanzug ein. In der Klinik warten sie schon auf uns", sagt Mama und kommt rein. Ich nicke.

„Sie ist jetzt eine Vegetarierin und muss deshalb ins Krankenhaus. Und sie hat Nagellack eingepackt."

„Und meinen "I am Kenough"-Hoodie, falls du es genau wissen willst."

Mama kniet sich auf den Teppich und legt eine Hand auf Maxs Schulter.

„Schatz, ich erkläre dir das alles später. Dein Vater wird gleich hier sein. Dann könnt ihr zusammen weiter Basketball spielen. Das Wetter ist ja so schön heute. Hab dich lieb."

Während ich um Max herumlaufe, um Klamotten für die Klinik rauszusuchen, hören wir ein paar Wortfetzen aus dem Flur. Mama bringt Milena wohl auf den neuesten Stand. Sie reagiert lautstark darauf und sagt Sätze wie: „Um Gottes Willen", „Das ist doch heilbar, oder?" oder „Sie müssen jetzt ganz stark sein."

Plötzlich klingelt es an der Tür, es ist bestimmt Papa. Ich laufe die Treppen hinunter und begrüße ihn. Er kommt gerade aus dem Büro und sieht schick aus.

„Das wird schon wieder, Little-Livy", sagt er und umarmt mich. „In der Klinik werden sie sicher herausfinden, was du hast."

Ich nicke und schaue auf den Boden. Papa drückt Milena Geld fürs Babysitten in die Hand und fragt sie, wie es mit ihrem Architekturstudium läuft. Und ob sie etwas von ihren Brüdern in Odessa gehört hat.

„Danke, Toni. Ja, meiner Familie zu Hause geht es den Umständen entsprechend gut", sagt sie. „Wir beten jetzt erstmal für Livy."

„Wenn ich wieder gesund bin, erzähle ich dir von den Häusern und Balkonen im Westend", sage ich. Es tut mir wirklich so leid, dass sich alle Sorgen machen.

Während Milena sich ihren Fahrradhelm aufsetzt, schiebt meine Mutter mich zum Auto. Ich umarme Milena noch kurz, dann Max und dann meinen Papa. Er passt jetzt auf meinen Bruder auf.

***

Während der Fahrt zur Tagesklinik im Taunus hören wir Nachrichten im Radio. Eine Sprecherin berichtet, dass es in den USA schwere Überschwemmungen gegeben hat. Es sind Häuser weggerissen worden, Autos stapeln sich auf den Straßen, Helfer versuchen verzweifelt, Überlebende zu retten. Die genaue Opferzahl ist noch unklar. Ich schaue aus dem Fenster. Nach der Wettervorhersage - 24 Grad, leicht bewölkt und trocken - schaltet Mama den Motor aus. Ich habe Angst. Wir sind da.

Vor dem Eingang der Tagesklinik Rosenschau stehen große graue Töpfe mit dunkelroten Rosen. Ein Mann im Anzug und glänzenden Lederschuhen steht neben einem der Blumenkübel und raucht eine Zigarette. Meine Mama nickt ihm zu. Ich frage mich, was er wohl hat.

„Schau mal, da hinten sieht man den Großen Feldberg", sagt Mama. „Die Aussicht ist schon mal nicht schlecht."

„Ich bleibe hier ja nicht so lange", erwidere ich.

Im Warteraum riecht es nach Desinfektionsmittel. Ich will nicht, dass mein Zimmer so riecht. Während wir warten, male ich mir aus, was mich hier erwarten wird.

Nach etwa einer halben Stunde kommen wir dran. Es geht in einen Behandlungsraum und ich werde untersucht. Das kenne ich schon. Eine Krankenschwester bittet mich, mich auf die Waage zu stellen. Immer noch 35 Kilogramm. Anschließend wird noch Blutdruck gemessen. Business as usual, wie mein Papa jetzt sagen würde. Dann passiert allerdings etwas, mit dem wir nicht gerechnet haben.

„Frau Walzer, der Body-Mass-Index ihrer Tochter Livy ist noch nicht schlimm genug", sagt der Arzt plötzlich. „Also noch nicht gering genug, dass es für einen stationären Aufenthalt reicht." Bei Kindern werde ein sogenannter Perzentilen-Wert errechnet, erklärt er weiter.

„Einfach gesagt: Livys Gewicht und Größe werden mit dem Gewicht und der Größe anderer Mädchen im gleichen Alter verglichen."

Meine Mama beißt sich auf die Lippe. Dann atmet sie tief durch.

„Ich bin hier mit meinem magersüchtigen Kind hergekommen, in der Hoffnung, dass Sie uns helfen können."

„Es tut mir leid, ich kann hier nichts für Sie tun. Bitte gehen Sie mit Livy erstmal weiter zum Kontrollwiegen zu ihrer Kinderärztin. Dort ist sie in guten Händen."

Mama packt mich am Arm, wir verabschieden uns nicht so wie sonst, eigentlich gar nicht, und gehen zum Ausgang. Diesmal weint Mama nicht. Auf dem Weg zum Parkplatz fängt sie an zu schimpfen, über den Arzt, die Klinik und das Gesundheitssystem.

„Wieso hilft uns denn keiner?"

Ich fühle mich schlecht.

„Lass uns Papa anrufen", schlage ich vor. Sie nickt. Ich rufe ihn mit meinem Handy an und erzähle ihm, dass wir bald wieder zu Hause sind.

„Ist gut, meine Kleine, wir warten hier auf euch", sagt er. "Gib mir doch bitte mal Emma."

Während meine Eltern sich unterhalten, drehe ich ein paar Runden auf dem Parkplatz, endlich kann ich mich wieder bewegen. Meine Mutter redet und redet.

„Danke Toni, ich habe mich noch nie so hilflos gefühlt", höre ich sie sagen, als ich mich nähere. „Tschüss, bis gleich."

„Papa wartet schon zu Hause", sagt sie und gibt mir ein Zeichen, dass ich ins Auto einsteigen soll.

Als wir zu Hause ankommen, wartet eine Überraschung. Der Esstisch ist schön gedeckt und es steht ein Kerzenständer darauf. Mein Papa, der eigentlich woanders wohnt, hat gekocht und sogar eine Tischdecke auf unseren Holztisch gelegt. So wie früher, wenn jemand Geburtstag hatte oder an Weihnachten. Papa hat Oma Luisa und Opa Johannes, die Eltern von Mama, eingeladen.

„Da seid ihr ja", sagt Oma. Sie umarmt erst Mama und dann mich.

„Um Himmels willen, Kind, wie dünn du geworden bist." Ich halte die Luft an.

Auch mein Opa ist aufgestanden. Er klopft mir auf die Schulter, als wollte er sagen: Du machst das schon.

„Es ist höchste Zeit, dass wir etwas essen", sagt Oma, die heute ihre grauen Haare hochgesteckt hat. Der Kragen ihrer weißen Bluse und ihre feine Lieblings-Goldkette verschwinden hinter einer Serviette, die sie sich in den Ausschnitt steckt.

Über den Tisch wandern ein Topf mit Pasta und Lachs, eine große Salatschüssel, Wasser und für die Erwachsenen Wein.

„Wie gut das riecht. Guten Appetit, ihr Lieben", sagt Oma.

Ich schenke mir ein Glas Leitungswasser ein. Als Papa mir Pasta geben will, halte ich gerade noch rechtzeitig die Hand über den Teller.

„Ich habe schon eine Banane gegessen."

„Livy, der Appetit kommt beim Essen", meint meine Oma. „Was glaubst du denn, wie das war, als wir jung waren? Wir waren froh, wenn es sonntags Fleisch gab."

„Sie ist Vegetarierin", ruft mein Bruder, der in einer Ecke auf dem Küchenboden sitzt und auf seine Spielkonsole starrt.

Oma dreht sich um und schaut zu ihm runter. „Die legst du jetzt weg und setzt dich ordentlich hin. Beim Essen wird nicht gespielt." Dann widmet sie sich wieder mir.

„Vielleicht liegt es an deinen rot gefärbten Strähnen. Deine braunen Haare sind so schön. Jetzt siehst du aus wie ein Punk. Ich begleite dich nächste Woche zum Friseur, dann siehst du wieder schön aus. Und wie läuft es eigentlich auf der neuen Schule?"

„Sie sind alle nett."

„Die alte Schule hat mir besser gefallen. Da gab es wenigstens professionellen Religionsunterricht."

„Oma, ich habe dir das schon gesagt: Ich bin wirklich Christin, aber es war ein bisschen zu viel. Ich habe mich da nicht mehr wohlgefühlt."

Dann schaltet sich mein Papa ein: „Luisa, Livy geht übrigens zurzeit gar nicht zur Schule."

„Oh, das wusste ich nicht. Ist es denn so schlimm?"

Mama verdreht die Augen und schaut meinen Opa an. Er ist gerade zurück aus Gran Canaria, er war dort mit seinen Wanderfreunden und hat noch einen kleinen Sonnenbrand auf der Nase. Rentnerbräune nennen das meine Eltern, wenn er nicht anwesend ist.

Opa schaut weg, erst zur Wand, dann auf seinen Teller und dann setzt er seine Brille ab. Er begutachtet ihre schwarzen Ränder, als wären sie ein seltenes Insekt. Das Wegschauen habe ich mir bei ihm abgeschaut, es bedeutet so viel wie: Jetzt nicht.

„Willst du nicht wenigstens Salat essen, Kleines?", fragt Mama mich.

„Nein. Ihr versteht das nicht. Ich kann hier nicht sitzen und essen. Darf ich rausgehen?"

„Nein."

„Wo ist mein Tablet?"

„Social Media lassen wir jetzt erstmal, das weißt du doch."

„Influencer, wenn ich das schon höre", ergänzt mein Vater. „Das sind echt die Schlimmsten. Die meisten machen doch Geld mit den Problemen anderer."

Max steht plötzlich auf und setzt sich auf seinen Kinderstuhl. „Papa, kaufst du mir eine Playstation? Mama hat gesagt, dass du mehr verdienst als sie. Bitte!"

„Jetzt essen wir erstmal."

Papa überredet mich schließlich doch noch, Salat zu essen. Das mache ich dann auch. Sonst bleibt später der Fernseher aus.

Oma und Opa verabschieden sich nach dem Essen. Opa sieht nachts beim Autofahren nicht mehr so gut, deshalb bleiben sie selten lange. Sie wohnen aber zum Glück nicht so weit weg.

Max und ich schauen „Wunder der Erde". In der Küche nebenan klappert Geschirr, meine Eltern unterhalten sich beim Aufräumen. Wir hören jedes Wort, das scheinen sie nicht mitzubekommen.

„Livy muss in ein Krankenhaus in die Notaufnahme, und zwar so bald wie möglich. Da können sie sie nicht abweisen. Ich habe in drei Kinder- und Jugendpsychiatrien angerufen. Sie haben spontan keinen Platz frei. Ich sage alle meine Termine für diese Woche ab und fahre sie morgen in ein Krankenhaus", sagt Papa.

„Toni, wir sind heute erst abgewiesen worden."

„Emma, ich schaue mir das keinen Tag länger an. Und du wirst auch nicht mehr lange durchhalten. Wir fahren in die Notaufnahme. Oder gleich in eine Privatklinik, da lege ich ein paar Scheine auf den Tisch. Dann kümmern sich die Ärzte sicher sehr gerne um sie."

„Es bringt jetzt nichts, wütend zu werden."

„Doch, mir bringt es sehr viel. Es ist jedenfalls besser, als den Kopf in den Sand zu stecken."

„Wir fahren morgen in die Notaufnahme, in Ordnung."

„Ja. Ich gehe mal rüber zu den Kindern und bereite sie darauf vor."

Ich halte die Luft an.

***

Am nächsten Morgen geht es schnell. Als ich das Klingeln an der Tür höre, weiß ich, dass ich eigentlich schon fertig angezogen und mit dem Rucksack auf dem Rücken draußen stehen sollte.

Durch das Fenster im Bad sehe ich, wie Papa schon nach seinem Handy sucht. Gleich wird es auch auf allen Kanälen klingeln.

Ich beeile mich, Notaufnahme bedeutet nichts Gutes. Max ist in der Schule. Deshalb kommen meine Eltern beide mit. Diesmal hören wir kein Radio im Auto. In der Limousine meines Vaters läuft alles über WiFi, er wählt eine Band aus den 80ern aus, von der ich noch nie gehört habe.

„Wir fahren ins Mariannen-Krankenhaus", sagt er zu uns. Er fährt wesentlich schneller als meine Mutter. Sie hält sich am Angstgriff fest. „Gut", antwortet sie. Ich male mir aus, wie ich gleich im Krankenhaus in einem weißen Kittel in einem Rollstuhl durch die Gänge geschoben werde. Ich will da nicht hin.

Im Krankenhaus angekommen, läuft mein Vater in der Notaufnahme schnell an den Empfang. Er bekommt Formulare in die Hand gedrückt und nimmt im Wartezimmer Platz. Ich setze mich neben ihn. Während er die Papiere ausfüllt, geht Mama zum

Wasserspender. „Wir trinken jetzt erstmal etwas, wir müssen sicher lange warten."

Ich betrachte die orangefarbenen Plastikstühle im Warteraum, sie würden Milena gefallen. Sie sehen alle gleich aus und sind miteinander verbunden, ein bisschen wie im Kino. Vor mir sitzt ein Mann, der seine verbundene Hand in die Höhe streckt. Er hat sich vermutlich geschnitten. Ein kleiner Junge weint, er hält sich das Schienbein. Seiner Mutter versucht, ihn zu trösten. Eine Frau, ein paar Stühle neben mir, knetet sich die Hände. Papa tippt in sein Handy, Mama blättert in einer Zeitschrift. Währenddessen unterhalten sie sich immer mal wieder.

„Einem Klienten passt es nicht, dass ich ihn vor Gericht nicht persönlich vertreten kann", sagt Papa und zeigt auf sein Handy. „Ich habe ihm jetzt versichert, meinen besten Mann zu schicken."

„Ist es wieder einer deiner Versicherungs-betrüger?"

„Knapp daneben. Baugewerbe."

„Was hat er angestellt?"

„Darüber darf ich nicht reden, das weißt du doch. Aber es hat, wie du dir sicher denken kannst, mit Steuern zu tun."

Wenn mein Papa über seine Arbeit in der Kanzlei redet, hat das oft etwas Geheimnis-volles. Mama meint, er vertrete manchmal schräge Vögel.

Als ob Papa Gedanken lesen könnte, sagt er: „Livy, keine Sorge, der Mann ist kein Ver-brecher. Sein Steuerberater hat nur zu tief in die Trickkiste gegriffen."

„Und wie viele Arbeiter hat er illegal be-schäftigt?", fragt meine Mutter, ohne von ih-rer Zeitschrift aufzublicken.

„Alles gut. Ich weiß, dass du keine bösen Menschen vertrittst, Herr Anwalt", sage ich.

Mama richtet jetzt einen strengen Blick auf mich. Sie verkneift es sich aber, etwas zu erwidern. Papa legt seinen Arm um mich.

Nach gefühlt zwei Stunden im Wartezimmer werden wir erlöst.

„Livy Walzer, bitte", ertönt es aus dem Lautsprecher über dem Schalter, an dem wir uns angemeldet haben.

„Business as usual", sagt mein Papa. „Das machst du schon. Jetzt wirst du erstmal untersucht."

In der Notaufnahme ist man sich schnell einig, dass ich erstmal im Krankenhaus bleiben muss. Und zwar so lange, bis eine Klinik für essgestörte Kinder einen Platz für mich hat.

„Du wirst jetzt stationär aufgenommen. Das ist eine gute Nachricht", meint Mama. Papa nickt, sie sind sich einig. Ich weiß, dass mir keine andere Wahl bleibt und deshalb nicke ich auch. Ich spüre gerade sowieso nicht viel. Es fühlt sich alles so taub an in mir, als wäre ich irgendwie von meinen Gefühlen abgeschnitten.

***

Ich ziehe jetzt ins Mariannen-Krankenhaus ein. Meine Eltern begleiten mich in mein neues Zimmer im 2. Stock, eine Krankenschwester nimmt uns in Empfang. Danach müssen sie gehen.

Es ist warm im Zimmer und es gibt einen Fernseher. Außerdem hängt über dem Bett ein Gemälde in einem silberfarbenen Rahmen. Es heißt Mandelbaum in Blüte, erklärt mir Krankenschwester Greta. Es sei aber leider nur ein Kunstdruck.

„Van Gogh ist ein sehr berühmter Künstler. Er stammt aus den Niederlanden", erzählt sie weiter, während sie mir einen

Pulsmesser anlegt. „Er hat viele Landschaften gemalt und gerne auch sich selbst."

Das Gerät piepst die ganze Zeit. Während Schwester Greta von dem Maler schwärmt, stellt sie mir ein Mixgetränk hin und fordert mich auf, es zu trinken. Ich weigere mich. Kurz darauf hänge ich an einer Infusion. Ich hätte ja zu dem Getränk sagen sollen, das weiß ich. Aber ich kann einfach nichts zu mir nehmen.

Ich werde auch ins MRT geschoben. Die Ärzte wollen schauen, ob mit meinen Organen alles in Ordnung ist. Mir macht vor allem das Gerät Angst. Ich bin ja noch jung, was soll schon mit meinen Organen sein?

Das Ergebnis teilt der Arzt mir später mit, als meine Eltern zu Besuch sind. Es versetzt mir einen kleinen Schock. Der Arzt sagt wirklich:

„Livy, dein Hirn ist leider schon kleiner geworden. Ich bespreche das gleich nochmal in Ruhe mit deinen Eltern."

„Was soll das bedeuten?", frage ich.

„Dein Gehirn braucht dringend Energie."

***

Es ist der zweite Tag im Krankenhaus, wir haben Mitte Juni. Ich achte jetzt darauf, in meinem Tagebuch alles ganz genau zu notieren. Draußen scheint die Sonne, ich bin allerdings die meiste Zeit drinnen. Wenn ich allein auf meinem Zimmer bin, laufe ich mit meinem Teddy im Arm im Kreis. Ich schaue auf mein Handy, da ist ein Schrittzähler drauf. Trotz Infusion komme ich auf zehn Kilometer, mein Kopf will es so. Das soll aber keiner wissen. Ich weiß, dass das seltsam rüberkommt.

Abends kommt wieder Mama. Sie übernachtet bei mir im Krankenhaus. Sie sagt, sie müsse tagsüber ein paar Stunden arbeiten, ihre Kolleginnen und Kollegen im Gartencenter vermissen sie schon. Dafür kommen Papa, meine Tante oder meine Omas und Opas tagsüber vorbei und bringen mir Bücher, Blumen und Karten. Wir spielen „Uno" am Tisch. Das geht, trotz Infusion. Max und Milena haben mir eine Karte gebastelt, auf der "Gute Besserung" steht. Sie ist mit Blumen, Herzen und Fußbällen verziert.

Auch Freundinnen kommen. Sophia schaut mit ihrer Mutter vorbei. Sie setzt sich neben mich und streicht mir über den Kopf. Sie will wissen, wann ich wieder nach Hause komme. Ohne mich sei es langweilig.

Drei Tage lang geht das so, ich bekomme Besuch, ich schreibe Tagebuch, ich tippe Nachrichten ins Handy, ich spiele, aber ich kann und will einfach nichts essen.

Am Morgen des vierten Tages passiert etwas Unerwartetes. Mein Vater kommt ungewöhnlich früh zu Besuch. Ich sitze gerade mit Mama an unserem Tisch am Fenster und schreibe Tagebuch, als er ins Zimmer reinschneit.

„Guten Morgen, mein Schatz. Es gibt gute Neuigkeiten, willst du sie wissen?", fragt er. Ohne eine Antwort abzuwarten, erzählt er Mama und mir, dass ein Platz in einer Kinderklinik in Bayern frei geworden ist. „Du wirst heute noch verlegt."

„In Bayern?", frage ich. „Wie lange muss ich denn dort bleiben?"

„Das weiß ich nicht genau, aber rechnen wir mal mit ein paar Wochen. Es ist schön dort, du wirst viel an der frischen Luft sein und wir kommen dich besuchen. Ich habe das alles schon geklärt."

Ich bin erstmal froh, dass ich aus dem Krankenhaus raus darf. Ich packe meine

Sachen zusammen, während sich meine Eltern unterhalten. Als wir vor dem Krankenwagen, der mich mitnehmen wird, stehen, nimmt mein Papa mich in den Arm.

„Bis bald und ganz liebe Grüße von Max", sagt er zum Abschied. „Bald wird es dir besser gehen."

Als wir losfahren, dämmert mir langsam, was 'Kinderklinik in Bayern' bedeutet. Wieder ein Abschied. Ich verlasse Frankfurt diesmal für eine längere Zeit. Sophia und meine anderen Schulfreundinnen werde ich erstmal nicht mehr sehen. Auch der Urlaub auf dem Kreuzfahrtschiff nach Dänemark fällt flach, wie meine Mama mir auf der Autobahn in Richtung Süden sagt. Wir wollten dort in der ersten Ferienwoche hinfahren. Fährt meine Familie jetzt ohne mich? Ich weine. Mama versucht, mich zu trösten. Da es sich bislang um den schlimmsten Tag meines Lebens handelt, überspringe ich weitere Einzelheiten.

Es ist Mittag, als wir in der Kinderklinik in einem Dorf in der Nähe von Aschaffenburg ankommen. Wie vor der Klinik Rosenschau stehen auch hier Blumenkübel links und rechts vor dem Eingang. Ich bleibe kurz stehen, um sie mir anzuschauen.

„Das gehört zum Standard vor Kliniken, auch in Bayern", sagt meine Mama und lächelt müde.

Neben dem Eingang ist ein Schild mit der Aufschrift: „Kinder- und Jugendpsychiatrie" angebracht. Ich balle meine Hände zur Faust, als wir reingehen. So geht die Angst manchmal ein bisschen weg.

In der Kinderpsychiatrie läuft es nicht so ab, wie ich es bislang kenne. Es geht alles sehr schnell. Mir werden Fragen gestellt, Mama werden Fragen gestellt. Sie übergibt

Formulare und die Überweisung mit meiner Diagnose an das Klinikpersonal. Danach muss sie gehen. Ich darf mich nur kurz verabschieden und stehe allein mit meiner Tasche und meinem Rucksack da. Ich weine.

Als ich mich beruhigt habe, führt mich eine Betreuerin herum und erklärt mir ein paar Regeln. Ich bin klug genug, gleich eine halbe Banane zu essen. Und ich bin stolz auf mich, denn es war schon von einer Magensonde die Rede. Das kommt nicht in Frage.

Die Ärztin, die vorhin Fragen gestellt hat, verrät mir, dass ich die Jüngste auf der S2-Station bin. Es gibt die Stationen 1, 2 und 3. Die S1 ist für die Jüngeren, die zwischen 6 und 13 Jahre alt sind. Ich bin aber auf der S2 für ältere Kinder gelandet, weil es die Akutstation ist - also für die Notfall-Patientinnen.

Ich werde gewogen und mir wird Blut abgenommen, um nach Mangelerscheinungen zu schauen. Ich wiege an meinem ersten Tag in der Kinderklinik - es ist der 17. Juni - 32,3 Kilogramm.

Am späten Nachmittag darf ich mit Mama telefonieren. Ich erzähle ihr, dass die Kinder und Jugendlichen ganz unterschiedliche Krankheiten haben. Manche haben Angst, manche sind niedergeschlagen, manche wollen nichts essen, manche essen viel zu viel und manche machen Dinge aus Zwang. Wir weinen beide am Telefon, jetzt sind wir zum ersten Mal so richtig getrennt, seit ich krank bin.

In den ersten Tagen teile ich mir ein Zimmer mit Caro. Sie ist schon seit ein paar Wochen da. Ich weiß zwar nicht, welche Krankheit sie hat. Aber ich bin wirklich froh, dass ich nicht allein im Zimmer schlafen muss. Über dem Bett hängt wieder ein Gemälde. Darauf zu sehen ist eine Leine, auf der ganz viele Vögel sitzen. Wellensittiche, Papageien und Spatzen. Ich frage Caro danach.

„Das ist ein echtes Gemälde", sagt sie. „Es stammt von einem Kunsttherapeuten aus Würzburg, der mal in der Klinik gearbeitet hat. Du kannst hier auch an Kunstkursen teilnehmen."

Vom Bett aus gesehen hängt in der linken Ecke neben dem Fenster ein Kreuz. Caro findet das normal. Oma würde es bestimmt auch gefallen.

Ich gehe mit Caro die Vorschriften durch, vor allem, was das Essen betrifft. Um 10 Uhr gibt es einen Snack, um 11.30 Uhr ein gemeinsames Mittagessen, um 15 Uhr wieder einen Snack und um 18 Uhr ein gemeinsames Abendessen. Zusätzlich muss ich Vitamine, Eisen, Calcium und andere Mineralien zu mir nehmen.

Es geht von 0 auf 100 hier. Ich versuche deshalb das Essen wegzuschmuggeln, ich spüle es zum Beispiel die Toilette runter.

Das Personal ist allerdings streng. Dass ich Essen verschwinden lasse, rächt sich schnell. Denn ich darf am Wochenende erst nach Hause, wenn ich zugenommen habe. An den ersten beiden Wochenenden muss ich in der Klinik bleiben. „Das Besuchsgewicht ist noch nicht erreicht", erklärt mir eine Krankenschwester. „Und außerdem bist du noch eine Notfallpatientin."

Die PEDs, also die pädagogischen Fachkräfte, durchsuchen die Schränke und Taschen in den Zimmern. Man darf keine spitzen Gegenstände bei sich haben und zum Beispiel kein Haarspray oder Deospray benutzen.

Ich vermisse meine Familie. Sport darf ich auch nicht machen, denn auch mein Sportgewicht ist längst nicht erreicht. Deshalb lese ich viel. Bücher sind erlaubt. Das hilft mir sehr. Ich trage in der Klinik immer eins bei mir, mal ein Buch über Cafés, mal einen Roman über Liebe. In meinem Zimmer stapeln sich die Bücher schon.

Wir bekommen auch Schulunterricht, aber immer nur ein paar Stunden am Tag. Dieser beginnt in der Regel mittags, danach machen wir Hausaufgaben. Mama meint, dass ich das Schuljahr an meiner Schule in Frankfurt vermutlich wiederholen müsse. Ich weiß ehrlich gesagt nicht, was ich davon halten soll, und versuche die Gedanken über das Sitzenbleiben wegzuschieben.

Als Caro mit ihrer Familie in den Urlaub fahren darf, fühle ich mich einsam in unserem Zimmer. Um 20 Uhr ist Bettruhe und ich kann allein einfach nicht einschlafen. Es gibt auch keinen Fernseher im Zimmer, wir dürfen aber in einem Gemeinschaftsraum am frühen Abend noch zusammen fernschauen.

Ich habe meine Eltern darum gebeten, mir eine Toniebox mitzubringen, weil mir ohne Caro so langweilig ist. Die Betreuerinnen habe ich gefragt, ob ich das Zimmer mit einem anderen Mädchen teilen kann.

Mein Wunsch wird erhört, nach ein paar Tagen bekomme ich eine neue Mitbewohnerin: Tatjana. Vor dem Einschlafen unterhalten wir uns. Ich frage auch sie, auf was ich achten soll. Manche Kinder haben große Probleme und ich will nichts falsch machen.

„Wir sollen aufeinander Rücksicht nehmen", sagt Tatjana. „Manche Worte darfst du nicht in den Mund nehmen. Du darfst zu anderen zum Beispiel nicht sagen: Das würde ich jetzt nicht essen, weil es zu viel Zucker hat. Oder: Das schmeckt mir nicht."

Ich bin dankbar für die Gespräche mit Tatjana, denn mit mir befinden sich insgesamt vier Mädchen mit Essstörungen auf der S2. Wir sollten uns nicht gegenseitig triggern.

Nach rund zwei Wochen schaffe ich es, mein Gewicht zu halten. Es ist jetzt Juli. Weil ich keine Notfallpatientin mehr bin, werde ich auf die Station verlegt, wo die jüngeren Patientinnen und Patienten untergebracht sind. Das Problem ist nur: Ich will das überhaupt nicht, ich bin schockiert. Ich habe auf der S2 schon Freunde gefunden.

In meinem neuen Zimmer weigere ich mich deshalb drei Tage lang, meine Klamotten auszupacken. Ich hoffe immer noch, dass ich zu den Älteren zurückkehren kann. Ich habe meinen Rucksack und meine Tasche unter mein Bett geschoben und von dort Anziehklamotten rausgeholt.

Meine neue Zimmernachbarin heißt Nele, sie ist zwei Jahre jünger als ich. Wir verstehen uns leider nicht auf Anhieb. Das liegt auch daran, dass ich unbedingt zurück will. Ich unterhalte mich aber schon mit ihr, es geht meistens um Beauty, Kosmetik und Mode.

Neue Freunde finde ich zum Glück in den anderen Zimmern. Manche von ihnen haben Depressionen, eine meiner Freundinnen hat sogar fünf Probleme auf einmal. Ich weiß nicht genau, welche Probleme sie hat, aber es sind wirklich viele.

***

Es ist Mitte Juli: Ich bin jetzt schon seit über drei Wochen in der Kinderklinik. Neben Ernährungstherapie-Stunden bekomme ich auch Einzelstunden bei einer Psychotherapeutin. Ab sofort gehe ich einmal pro Woche zu Frau Auenheimer. Meine Eltern haben immer wieder gesagt, dass es an der Zeit sei, mit der Therapie zu beginnen. Mir und auch dem Klinikpersonal.

Die Betreuer sagen aber, dass die Patientinnen erstmal aufnahmefähig für die Therapie sein müssten. Das bin ich nun wirklich. Aber leider mag ich die Therapeutin nicht.

Meine Mama hat mitbekommen, dass ich in der ersten Stunde immer wieder nach ihr gerufen habe, damit sie mich aus der Station rausholt.

Am Telefon sagt sie: „Livy, bitte gib ihr doch eine Chance."

Wir telefonieren, so oft es geht. Zeit dafür ist vor dem Abendessen. Auf der Station gibt es nur drei Festnetztelefone und alle wollen telefonieren. Meine Eltern kommen mich zwar dienstagnachmittags und am Wochenende besuchen. In der Zwischenzeit fühle ich mich aber einsam. Zum Übernachten nach Hause darf ich weiterhin nicht.

Obwohl ich Frau Auenheimer nicht mag, lasse ich mich irgendwann auf die Sitzungen ein. Wir fangen nochmal von vorne an. Sie fragt, wie alles angefangen hat, welches Essverhalten ich vor der Einweisung gehabt habe und wie es mir jetzt geht.

„In meinem Zimmer hängt ein Spiegel. Ich schaue ziemlich oft, wie ich aussehe", erzähle ich ihr zum Beispiel.

Meistens geht es aber um mein Essverhalten. Frau Auenheimer erklärt mir, dass es momentan noch nicht so hilfreich sei, über meine Körperschemastörung zu reden. „Das machen wir dann, wenn du stabiler bist, Livy", verspricht sie mir. Jetzt gehe es erstmal darum, mein Gewicht aufzubauen. Mein Gehirn brauche ausreichend Energie.

Ich nehme jetzt außerdem das Medikament Olanzapin, damit ich mich nicht mehr so viel bewege. Das hilft. Meine Gedanken kreisen nun nicht mehr nur ums Essen und um Sport. Das heißt, die Stimme in meinem Kopf, die meinen Körper kritisiert und mich antreibt, ist leiser geworden. Dafür ist die Ernährungstherapie auch nützlich. Ich spreche da mit einer Therapeutin über mein Essverhalten. Und wir haben einen Essensplan aufgestellt.

In der Physiotherapie hat mir unser Therapeut Lukas Übungen beigebracht, um den Bewegungsdrang einzudämmen. Ich kreise zum Beispiel mit den Fingern und Füßen. Bei mir hat es leider nicht funktioniert, den Bewegungsdrang einzudämmen. Es hat aber Spaß gemacht.

***

Heute ist der 6. August, draußen ist es heiß. Leider muss Frau Auenheimer mitten in unserer Einzeltherapie auf eine andere Station wechseln und wir kommen erst gar nicht dazu, über meine Körperschemastörung zu sprechen. Ich nehme meinen Körper wohl falsch wahr und würde gerne darüber reden. Dass das nicht geht, ist echt schade. Ich würde am liebsten langärmelige Klamotten tragen und ich will wissen, wie ich am besten durch den Sommer komme.

In der Kinderklinik herrscht leider Personalmangel, ich muss auf eine neue Therapeutin warten. Ich mache aber trotzdem Fortschritte, mein Gewicht bleibt stabil. Meinen Instagram-Account habe ich gelöscht und mich neu angemeldet, damit ich eine neue For-You-Page bekomme. Sonst wäre wieder alles voll mit den Abnehmtipps gewesen, weil ich früher ja oft danach gesucht habe und mir das dann automatisch angezeigt wird.

Ich bin inzwischen allein im Zimmer, weil meine Mitbewohnerin Nele entlassen worden ist. Das bedeutet, dass ich während der

Zimmerzeit nach dem Mittagessen mit niemandem spielen kann. Ich spiele dann manchmal Sachen mit mir selbst oder schreibe Tagebuch. Die Pädagogen meinen, wir könnten auch einfach nachdenken. Ich finde das mit dem Nachdenken aber ziemlich bescheuert, wenn man schon so viele Probleme hat. Dann vertiefen sich manche Gedanken noch mehr. Ich fühle mich dann einsam.

Ab und zu muss ich bei der Zimmerzeit deshalb leider lügen. Ich habe mich schon mehrmals heimlich rausgeschlichen und bin zu einer Freundin in ein anderes Zimmer gegangen. Die PEDs bekommen das aber sowieso nicht mit, weil in der Zeit die Übergabe vom Frühdienst an den Mitteldienst stattfindet.

Wenn ich meine Ziele im Smiley-Plan erreiche, darf ich sowieso mit anderen Zimmerzeit verbringen. Heute habe ich einen

Smiley bekommen, weil ich ehrlich gewesen bin. Ich habe erzählt, dass ich wieder Gedankenkreisen habe.

Die Kunsttherapie hilft mir dabei, mir nicht so viele Gedanken zu machen. Wir malen, wie unsere Stimmung gerade ist. Ich male Frösche und gebe ihnen Emotionen. Der Frosch ist mein Lieblingstier. Man malt einfach seine Laune in Farben. Manchmal arbeiten wir auch mit Ton. Ich habe schon eine Tasse gemacht.

Ein Mitpatient hat nach dem Kunstunterricht beim Abendessen schlechte Laune. Er hat ADHS und rastet aus. Ihm schmeckt das Essen nicht, deshalb wirft er seine Kartoffeln auf den Boden und schreit: „Ich will endlich raus hier."

Meine Besties und ich halten uns an den Händen, sind erstmal erschrocken, müssen dann aber lachen. Ich nehme vor dem Schlafen noch meine Medis.

Weil ich zunehme, hat sich mein Ausgang nachmittags verlängert. Deshalb schreibe ich nicht mehr so fleißig Tagebuch. Heute ist der 18. August. Das Zunehmen ist auch ein Ziel im Smiley-Plan und ich werde dafür belohnt. Ich muss jede Woche 700 Gramm mehr wiegen. Dafür darf ich inzwischen eine Stunde lang allein oder mit meinen Freunden rausgehen.

Wenn ich allein draußen bin, setze ich mich auf eine Bank in der Nähe der Klinik, tausche auf dem Handy Nachrichten aus oder surfe im Internet. Allein im Freien darf ich das Handy benutzen. Wenn wir in der Gruppe unterwegs sind, sind Smartphones aus Datenschutzgründen verboten, wie ein Pfleger uns erklärt hat. Die Klinik will damit verhindern, dass wir Bilder auf Social Media posten. Das könnte später Ärger geben.

Wir gehen in unserer freien Zeit meistens in den Supermarkt. Da holen wir Croissants, zumindest die anderen Mädchen. Ich hole mir ein Getränk. Ich esse auch ab und zu eine Kugel Eis. Das ist unser Highlight.

Das Essen in der Klinik ist leider nicht so gut. Es ist eben Klinikessen. Das schmeckt manchmal wirklich eklig. Das Beste ist der Salat, weil das Dressing gut ist. Das warme Essen ist, glaube ich, tiefgekühlt gewesen, schmeckt matschig und wird aufgewärmt.

Auf dem Weg in den Supermarkt unterhalten wir uns öfter mal über die PEDs. Über das, was uns an ihnen gefällt. Ich meine, dass die Pädagoginnen auch für das Entertainment zuständig sind. Sie frisieren uns zum Beispiel, also machen uns die Haare. Mama hat mir eine orangefarbene Tönung mitgebracht. Manchmal spielen wir mit den PEDs auch Spiele wie „Skip-Bo" oder „Uno". Und sie schauen, wie viel wir essen, und unterstützen uns dabei.

Manche von ihnen mögen wir allerdings nicht. Es kommt zum Beispiel vor, dass ein Mädchen durch etwas getriggert wird, wenn jemand etwas Gemeines sagt, und sie greifen dann nicht ein. "Dabei sind sie doch dafür da, auf uns aufzupassen", meint Tatjana.

Ich kann inzwischen auch Zeit im Garten verbringen. Mein Sportgewicht steigert sich und ich darf Tischtennis spielen. Ich spiele mit meinen Freundinnen, Lukas oder dem anderen Physiotherapeuten auch Badminton, Fußball oder Basketball. Die Therapeuten stehen ziemlich unter Druck, es gibt nur zwei davon. Wenn die Zeit vorbei ist, sind sie sofort weg. Sie müssen die Leute auf allen drei Stationen glücklich machen. Ich habe schon etwas Mitleid mit ihnen.

***

Mir geht es inzwischen besser und ich will unbedingt zu Hause übernachten. Deshalb versuche ich die ganze Zeit, mein Essen zu essen. Ich muss gegen meinen eigenen Willen kämpfen. Ich bin jetzt schon seit mehr als acht Wochen in der Klinik und jetzt ist es endlich so weit: Ich darf übers Wochenende zu meiner Familie. Ich bin so erleichtert. Anfangs durfte ich mit meinen Eltern nicht mal ins Freie, wenn sie mich besucht haben.

Papa erzählt mir auf dem Weg nach Hause, dass Max mit Tante Clara und den anderen für ein paar Tage an die Nordsee gefahren ist. Es sind gerade Sommerferien. Ich bin also allein mit meinen Eltern. Ich werde meiner Tante ein Selfie aus unserem Garten schicken. Ich vermisse sie alle so sehr. Wir reden so viel auf der Fahrt, dass ich nicht einmal das Radio anmachen will.

Als wir daheim ankommen, stehen auf dem Esstisch Blumen und Geschenke von meiner Klasse. Mama fällt mir um den Hals. Ich freue mich. Nach dem Auspacken gehen wir nach draußen. Es ist ein Sommertag, es riecht förmlich nach Sommer. Ich laufe barfuß durch den Garten, mit dem Wasserschlauch kühle ich meine Füße mit Wasser, gieße die Hecken, den Rasen und die Blumen. Mama steht am Haus und dreht den Hahn auf und zu, wenn ich ihr ein Zeichen gebe. Es fühlt sich so an, als würde es aufwärts gehen.

„Bei wem bist du denn gerade in Therapie?", fragt Papa, der es sich in einer Liege gemütlich gemacht hat.

„Gerade bei Frau Müller-Geisinger. Das ist aber nur eine Ersatztherapeutin, weil ich meinen richtigen Therapeuten noch nicht habe. Als Nächstes kommt ein Mann."

Ich erzähle Papa, dass ich mit der Ersatztherapeutin über meine Ziele spreche. „Wenn ich zum Beispiel meine 37 Kilo überschreite, dann kann ich abends länger aufbleiben oder länger nach Hause fahren."

„Du hast schon viel geschafft, Liebes. Dran bleiben, dran bleiben!"

Über die ganzen Therapeutenwechsel ist mein Papa nicht glücklich, das kann ich ihm ansehen.

„Da herrscht Fachkräftemangel", meint er.

„Wie überall", erwidert meine Mutter.

„Du hast ja inzwischen eine gute Therapeutin gefunden, oder?"

„Schade, dass es bei dir nicht klappt."

Ich gebe Mama ein Zeichen, dass sie das Wasser abdrehen soll.

„Bitte fangt nicht wieder an, euch zu streiten", sage ich. „Ich freue mich so, euch beide zu sehen."

„Ist gut, meine Kleine, es war ja gar nicht so gemeint. Das war nur ein Scherz", sagt Papa. „Das nächste Mal, wenn du kommst, sind wir sowieso bei mir. Dann gehen wir mal wieder in den Zoo. Die Pinguine vermissen dich schon."

„Ich bin doch kein Kind mehr. Aber Max zuliebe komme ich mit."

Ich esse noch zusammen mit meinen Eltern zu Abend, dann geht Papa.

„Morgen machen wir einen Ausflug an den Main", sagt er zum Abschied.

Als ich später im Bett liege, schaue ich Fotos von unserem letzten Familienurlaub an. Wir waren in Frankreich. Ich bin seitdem gewachsen. Auf einem Foto bin ich im Badeanzug und mit Schwimmbrille zu sehen. Ich habe mir einen leichten Sonnenbrand geholt.

Ich habe gerade kein Gefühl dafür, wie ich meinen Körper finde. Vielleicht bin ich dafür jetzt auch einfach zu müde.

***

Heute ist der 28. August. Ich habe schon ein paar Tage nicht mehr geschrieben. Ich bin in ein Tief gefallen. Mir geht es seelisch und äußerlich gerade zu schlecht dafür.

Hier sind die wichtigsten Punkte: Papa sehen, ich habe Bücher geschenkt bekommen und meine Klasse hat mir Geschenke übergeben. Mama und ich sind gerade an einer neuen Klinik interessiert. Morgen will ich meine Haare neu tönen. Mein Gespräch mit Mama heute ist turbulent gewesen. Ich habe einfach keinen Bock mehr und hasse meinen Körper. Alles ist zu viel, ich habe keine Kraft mehr. Gute Nacht.

***

Es ist Besuchstag und diesmal kommen nicht meine Eltern. Meine Patentante Frida besucht mich in der Klinik. Sie sagt, sie hätte meine Eltern überredet, weil wir uns schon so lange nicht mehr unterhalten haben. Sie ist Lehrerin und will mir sicherheitshalber ein paar Tipps zu den Kunstkursen geben, falls in der Klinik wieder Personal ausfällt.

„Wie geht es denn voran, Little-Livy?", fragt sie.

„Gut", sage ich.

„Was malt ihr eigentlich so in der Kunsttherapie?"

„Wir malen unsere Stimmung in Farben und zeigen die Bilder dann den anderen."

„Und habt ihr noch nie euren Selbstwert gemalt?"

„Nein."

„Das können wir ja mal nachholen."

„Ich weiß gar nicht, was du meinst."

„Ich meine damit: Wie sehr magst du das, was dich ausmacht? Dein großes Herz, deine kreative Seite, dein schlaues Köpfchen, ganz unabhängig von deinem Körper? Wobei du natürlich wie immer entzückend aussiehst. Und dein Gehirn ist ja zum Glück auch wieder gewachsen."

Ich weiß, dass meine Patentante mich aufbauen will. Aber sie versteht meine Situation einfach nicht. Sie ist erwachsen. Sie muss sich nicht mehr mit anderen vergleichen, sie muss sich nicht mehr so sehr anstrengen. Sie bekommt keine Noten für das, was sie macht. Bei ihr wird die Zeit nicht gestoppt, wenn sie im Sportunterricht sprinten muss. Sie hat einen Beruf. Ich weiß gar nicht so recht, was ich später mal machen soll. Sie muss nicht mehr perfekt sein. Das sage ich ihr dann auch. Zu ihr kann ich ganz ehrlich sein.

„Weißt du Little-Livy. Meine Schüler vergleichen sich auch. Die Mädchen sind ja schon älter. Sie verlieben sich manchmal in denselben Jungen. Was glaubst du, was da los ist?

Letztens hat ein Mädchen zu mir gesagt, ich würde eine andere Schülerin im Unterricht bevorzugen und öfter drannehmen. Ich würde die anderen viel mehr mögen als sie und deshalb würde sie schlechtere Noten bekommen."

„Bevorzugst du denn wirklich manche?"

„Wenn ich das mache, dann nicht bewusst und nicht mit Absicht. Wobei mich manche natürlich nerven. Die, die ständig zu spät oder gar nicht im Unterricht erscheinen. Die, die mich provozieren, hinterlistig sind oder heimlich ihre Handys benutzen. Die Schlimmsten sind aber wirklich diejenigen, die ihre Eltern vorbei schicken, damit sie bessere Noten bekommen. Aber ich halte mich da an Freud und gehe davon aus, dass sie größtenteils ihre Probleme einfach auf mich projizieren."

„Was bedeutet das?"

„Also, einfach erklärt, heißt das, dass man Gefühle oder Gedanken, die man nicht akzeptieren oder fühlen will, einfach anderen in die Schuhe schiebt. Unsere Psyche ist sehr trickreich, wenn es darum geht, eigene Gefühle wie Schmerz, Eifersucht, Trauer oder Wut abzuwehren. Es gibt leider Jugendliche, die kein liebevolles Elternhaus haben. Wir versuchen da manchmal einzuspringen. Es gelingt aber nur selten."

Das klingt einleuchtend für mich, aber so richtig kann ich das Ganze nicht verstehen. Ich werde mich später damit befassen, wenn Frida wieder nach Hause fährt. Ich frage sie, ob wir noch ein Eis essen gehen, bevor sie geht. Sie nimmt meine Hand und wir spazieren gemeinsam zum Supermarkt. Auf dem

Weg dorthin berichtet meine Patentante von ihrer eigenen Jugend, sie ist schon über 40.

„Ich war jeden zweiten Tag auf dem Tennisplatz. Um schneller zu werden, habe ich Seilspringen trainiert. Dann war ich fast jeden Sonntag mit der Mannschaft auf dem Platz, während meine Freunde sich getroffen haben.

„Du warst gut im Tennis?", frage ich.

„Ja, Little-Livy. Ich habe einmal sogar meinen Schläger über den Platz geworfen, weil die Gegnerin so gemein war. Rückblickend war sie aber wohl einfach besser und vor allem viel muskulöser als ich."

Ich muss lachen.

„Essen war bei mir nicht so das Thema. Ich wollte einfach nur als Gewinnerin vom Platz gehen und dafür musste ich trainieren und Energie tanken. Meine Oma ist früh gestorben, ich habe dann so viel Sport wie möglich gemacht, um das zu verkraften. Ich war auch noch beim Jazzdance. Das habe ich dem Tennis zuliebe dann aber irgendwann gelassen."

Wir stehen inzwischen an der Kasse und meine Patentante bezahlt das Eis. Als wir nach draußen gehen, setzen wir uns auf eine Bank.

„Irgendwann habe ich aufgehört, Tennis zu spielen, obwohl ich viele Pokale abgeräumt habe. Ich habe mich dann am Wochenende lieber mit meinen Freunden getroffen und mich aufs Lernen konzentriert."

„Was wolltest du denn werden?", frage ich.

„Ich wollte Leistungssportlerin werden, aber ich wusste auch schon ganz früh, dass ich studieren will", erzählt sie weiter. „Als Sportlerin braucht man unbedingt ein zweites Standbein oder zumindest eine Aufgabe nach der Karriere. Das sieht man auch bei den Fußballern und Tennisspielern, die sehr viel Geld verdient haben. Sie werden später ja meistens Trainer, Moderatoren, sitzen in

Unterhaltungsshows oder schreiben eine Biografie nach ihrer Karriere. So eine Karriere kann ja schon mit Mitte 30 vorbei sein. Wenn der Körper nicht mehr mitmacht, auch schon wesentlich früher. Und was kommt dann?"

Ich nicke und bin eigentlich ganz erleichtert, dass Frida jetzt hier bei mir sitzt.

„Wir müssen zurück, Livy. Die Besuchszeit ist gleich vorbei. Und du willst ja sicher noch schauen, ob du etwas über Sigmund Freud herausfindest?"

*****

Ich habe heute Geburtstag, es ist der 15. September. Ich bin jetzt 13 Jahre alt. Ich bin zum Feiern und Geschenke auspacken nach Hause gefahren. Meine ganze Familie ist gekommen, auch meine Freundinnen Sophia und Naomi. Wir essen Kuchen. Alle machen sich Sorgen und haben etwas mitgebracht. In meinem Kopf sind allerdings wieder Gedanken wie: Oh mein Gott, es ist so viel Essen da. Deswegen finde ich meinen Geburtstag auch teilweise ein bisschen blöd. Aber ich habe es geschafft. Ein schöner Tag.

Ich habe mit meinem Therapeuten, Herrn Preisinger, vorher gesprochen und er hat gesagt: Den Kuchen bekommst du ja nur einmal im Jahr. Dein Geburtstag ist nur einmal im Jahr, da kannst du dir doch ein Stück Kuchen gönnen. Ich habe auf ihn gehört und einfach ein Stück gegessen.

Ich habe von meiner Freundin Naomi eine Karte bekommen, auf der steht: „Ich freue mich auf dich, du bist ein strong Girl."

Sie weiß, dass ich mich oft allein fühle. Das hat auch einen speziellen Grund. Ich fühle mich etwas eingesperrt in der Klinik. Ich sollte eigentlich schon entlassen werden, ich habe mein Endgewicht von 38 Kilogramm schon erreicht. Dann ist aber eine neue Chefin auf die Station gekommen und sie hat es einfach höher gesetzt. Sie hat entschieden, dass ich noch zwei Kilo draufpacken soll. Das geht nicht nur mir so, sondern auch allen anderen Essgestörten. Das ist ein Riesenschock für uns gewesen. Wir sind echt deprimiert, weil wir uns da mit großer Mühe rangekämpft haben.

***

30. September: Herr Preisinger hat einen Doktortitel, ich würde ihn aber auch ohne mögen. Ich bin froh, dass ich jetzt bei ihm bin. Mit ihm rede ich über meine Gedanken, also über das, was mir am Herzen liegt. Und ich rede mit ihm über meine Körperschemastörung. Sie kann Auslöser meiner Essstörung sein oder ein Symptom davon. Wir versuchen es herauszufinden. Wir sprechen

zum Beispiel darüber, warum ich so oft in den Spiegel schaue und welchen Druck ich dabei spüre. Es geht auch darum, ob die Störung eine Schutzstrategie sein könnte. Wenn ich nicht nachdenke, spiele ich mit Herrn Preisinger auch einfach Spiele. Ich fühle mich momentan echt stabil.

Wir haben Notfallstrategien entwickelt, mit denen ich mich beruhigen kann, wenn ich Angst bekomme, dick zu werden.

- Die PEDs in der Klinik sind professionell
- Die Mahlzeiten, die ich zu mir nehme, machen mich gesund
- Ich werde nicht dick. Ich nehme zu, um gesund zu werden
- Ich esse meinen Teller leer

Der Tag ist gekommen, auf den ich mich so gefreut habe. Ich werde den 15. Oktober nie vergessen. Ich werde entlassen. Ich stehe morgens auf und habe ein trauriges, aber auch ein glückliches Gefühl. Ich nehme die letzte Mahlzeit zu mir und verabschiede mich. Das ist traurig, ich habe Freundinnen in der Klinik gefunden, eine davon ist aber auch schon wieder zu Hause.

Ich bekomme Sachen von der Klinik und von Freunden geschenkt. Zum Beispiel eine Karte: „Hier sind deine Besties. Wir mögen dich sehr, Livy, wir freuen uns, dich kennengelernt zu haben. Du hast uns gesagt, dass du Angst hast, rückfällig zu werden. Wir finden dich super."

Anfangs haben wir uns allerdings gar nicht so gemocht. Wir sind aneinander vorbeigegangen. Ich dachte mir: Mit denen will ich eigentlich nichts zu tun haben. Sie dachten das wohl auch. Dabei haben wir nur Angst gehabt, dass wir uns gegenseitig verletzen könnten und dass wir uns Sachen erzählen, die uns nicht guttun. Dann haben wir uns besser kennengelernt und Spiele gespielt. Es hat Klick gemacht und wir sind gute Freunde geworden.

Bevor ich gehe, findet noch ein Abschlussgespräch statt, das ich als angenehm empfinde. Mein Herz klopft. Ich spüre mich, ich spüre meine Aufregung. Ich bin allen hier dankbar, vermissen werde ich die Klinik aber vermutlich nicht.

Nach dem Gespräch setze ich mich mit meinem Gepäck in den Bus nach Aschaffenburg. Ich soll dort hinkommen, Genaueres verrät meine Familie mir nicht. Es ist zum Glück nur ein Katzensprung.

Als ich aussteige, gibt es eine Überraschung: Ich werde mit einem großen Willkommensschild begrüßt. Meine Eltern weinen, mein Bruder drückt mich.

Wir gehen Pizza essen. Ich muss mich allerdings überwinden, etwas zu essen. Ich habe Angst, dass ich mich bald wieder nicht mehr wohlfühlen werde. Ich gehe auf die Toilette und schaue in den Spiegel. Zum Glück habe ich den Zettel mit den Notfall-Tipps in der Tasche.

***

20. Oktober: Ich schreibe jetzt seit Monaten zum ersten Mal wieder am Schreibtisch in meinem Zimmer Tagebuch. In diesem Journal wird das jetzt mein letzter Eintrag sein. Ich bin wieder voll im Leben und habe viel zu tun. Ich benutze bunte Stifte. Die letzten Seiten sind mein Neuanfang.

Wir haben die Wände in meinem Zimmer neu gestrichen, sie sind jetzt mintgrün. Mein Teppich passt nicht mehr so richtig dazu, ich brauche eigentlich auch neue Möbel.

Die guten Nachrichten: Ich darf wieder ganz normal Sport machen. Ich habe das gut im Griff. Ich habe Klettern mit meiner Tante ausprobiert. Ich würde auch gerne Tennis spielen, aber es ist sehr teuer. Mein Papa sagt, wir könnten erstmal Padle-Tennis spielen.

Ich bin jetzt außerdem im Konfirmandenunterricht. Das ist schön, weil meine Freundin Sophia mitkommt. Wir haben jetzt wieder richtig viel Kontakt. Sie ist in meiner alten Schule, ich bin ja auf eine neue gewechselt. Jetzt sind wir wieder beste Freundinnen. Dabei ist es der reine Zufall gewesen, dass wir uns im Konfirmandenunterricht wiedergetroffen haben.

Beim Unterricht geht es jedes Mal um ein anderes Thema. Am Anfang lesen wir immer aus der Bibel. Wir sollen danach sagen, was uns dazu einfällt und ob uns etwas an den Worten bewegt. Manchmal reden wir auch über Hoffnung. Es geht auch um Feiertage wie Weihnachten oder Ostern und was sie für uns bedeuten.

Meine Tante Clara will mit mir zusammen ein Konfirmandenkleid kaufen. Es soll aber nicht spießig sein. Ein cooles Kleid passt besser zu mir, vielleicht mit ein paar Pailletten.

Die weniger gute Nachricht: Ich muss die 7. Klasse wiederholen, weil ich so viel verpasst habe. In meiner neuen Schule muss ich also wieder eine ganze Klasse kennenlernen. Herr Preisinger hat aber gesagt, dass mich das Wiederholen insgesamt entlasten wird.

Für meinen letzten Eintrag habe ich ein paar Leute gefragt, was sie empfunden haben, als sie erfahren haben, dass ich in eine Klinik eingewiesen werde. Was halten sie von der ganzen Sache, also der Krankheit und dem Klinikmarathon?

Sophia schreibt: „Ich war total geschockt und extrem besorgt, als ich das erfahren habe. Ich habe mir so Sorgen um dich gemacht. Es war sehr schlimm, mir dich, ausgerechnet dich, in so einer Klinik vorzustellen - von so einer Freiheit beraubt und eingeschränkt. Ich war unglaublich froh, als wir uns an deinem Geburtstag gesehen haben und dich auf deinem Weg der Besserung sehen konnten. Dass du da rausgekommen bist, hat uns alle so glücklich und stolz gemacht, das kannst du dir gar nicht vorstellen."

Von Naomi habe ich einen längeren Text bekommen: „Als ich davon erfahren habe, dass du plötzlich im Krankenhaus bist, war ich echt geschockt und musste auch weinen, weil ich plötzlich echt Angst um dich hatte. Am Anfang wollte ich das Ganze erst auch nicht richtig realisieren, es war so unwirklich. Als ich dich im Krankenhaus besucht habe - ich bin gerannt, um dich zu suchen – es war alles ziemlich erschreckend. Wie du dich verändert hast und diese ganze neue Situation. Du hast auf mich so hoffnungslos gewirkt und ich fand es ganz schwer mit dieser Schwere umzugehen, obwohl ich verstanden habe, was dich bedrückt. Während des Ganzen habe ich viel an dich gedacht und als es ein wenig besser wurde, war ich erleichtert."

Unsere Babysitterin Milena schreibt: „Ich habe jeden Tag für dich gebetet. Endlich bist du wieder bei uns. Ich habe dich so vermisst und ich bin froh, dass du wieder gesund bist."

Damit ich nicht wieder in die Anorexie zurückfalle und weiter stabil bleibe, gehe ich in Frankfurt jetzt zur Psychotherapie. Ich nehme weiter Olanzapin. Außerdem muss ich weiter zum Wiegen zu Dr. Scheu. Sie ist jetzt viel entspannter als noch vor ein paar Monaten und wir reden über ganz alltägliche Sachen. Ich bin auch entspannter. Auch wenn ich nicht weiß, ob ich in Zukunft alles richtig machen werde. Ich versuche weiter die Angst, nicht schön oder gut genug zu sein, abzulegen. Es hilft mir, über meine Ängste zu sprechen. Ich weiß jetzt, dass meine Familie und meine Freunde für mich lebenswichtig sind. Ich weiß auch, dass mein kleiner Bruder sich in den vergangenen Monaten vernachlässigt gefühlt hat.

In einem Visionboard habe ich meine Ziele für die Zukunft festgehalten: Ich will erstens wieder richtig backen können. Ich habe früher nur für meine Familie und Freunde gebacken, damit ich ein gutes Gefühl habe. Ich kann jetzt wieder naschen und genieße das.

Ich wünsche mir generell ein gesundes Ess-verhalten, ab und zu essen ich auch wieder Fleisch.

Ich würde auch gerne wieder in die Hei-matstadt von Nonno Matteo fahren - nach Is-chia. Nonno hat sich auch Sorgen um mich gemacht. Er ist aber nicht der Typ Mensch, der vor anderen weint. Ich werde den Teller leer essen, wenn er für mich kocht.

Ich würde auch gerne auf Konzerte gehen. Ich will auch viel in der Natur sein. Außer-dem soll mein Notendurchschnitt so bleiben wie er ist. Ich will shoppen gehen und zum Beispiel irgendwann mal New York besu-chen. Einfach mal was anderes sehen. Ich möchte Sport machen, aber so, dass es ge-sund ist. Ich würde gerne meine Freundin in Neuseeland besuchen. Ich vermisse sie. Das war's.